모래알의
사랑

모래알의 사랑

윤구병의 철학 우화

보리

모래 두 알은 어떻게 사랑할까?

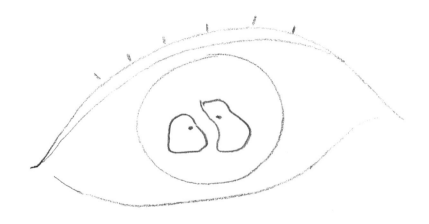

마주 볼 눈도

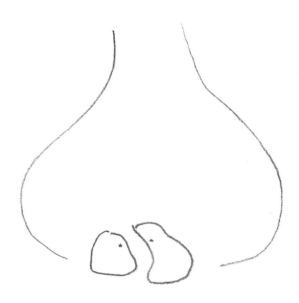

냄새 맡을 코도

이야기를 주고받을 입도

담아 들을 귀도

꼭 끌어안을 팔도

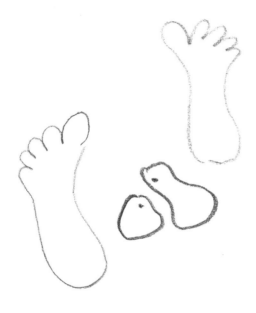

함께 나란히 걸을 발도
없는 모래알 둘은 사랑을 어떻게 할까?

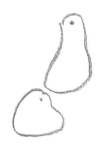

실낱같은 빈틈이 천리보다 멀고

어쩌다 바람결에 몸 닿아도
고통일 뿐

지나던 바람이 잠깐 머물면
기대서 울 빈 가슴도

위도,

아래도,

앞도,

뒤도,

옆도

없는

죽음처럼 답답하고 숙명처럼 어두운

모래알 둘은 사랑을 어떻게 주고받을까?

넓디넓은 바닷가에 있어도

소라, 조개껍질, 나무토막같이
얼핏 눈에 띄지도 않고

깜깜한 땅속
모래알과 모래알로 이루어진 감방 안에 있으면
수만 년 세월이 어둠 속에 오고 갈 뿐

이 세상에 딱 하나 키 작은 모래알이

마찬가지로 이 세상에 딱 하나
키 큰 모래알에게
사랑을 알릴 길이 어디 있을까?

백두산과 한라산이
그러듯이

멀리멀리 떨어져 있을지도 모르고

휴전선을 사이에 둔
남녘과 북녘처럼
지척에서 등 돌리고 있을지도
모르고

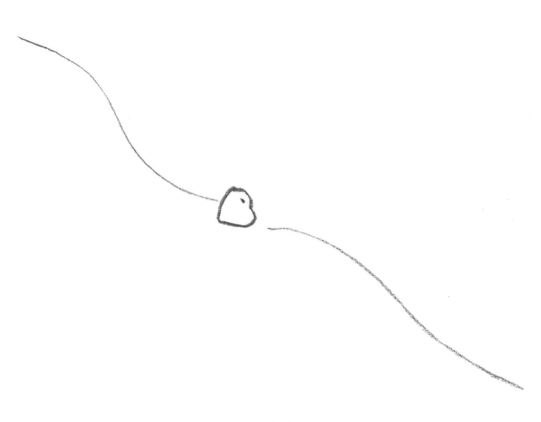

하나는
흐르는 강물에 몸 맡기고

또 하나는
저 깊은 진흙 구덩이에 빠져 있을지도 모르는

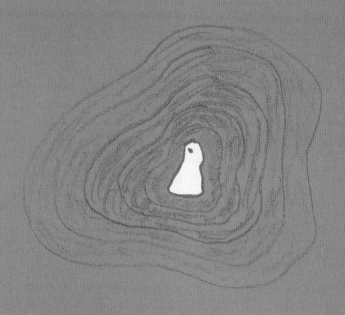

모래알 둘은

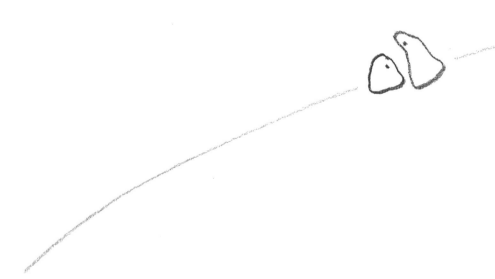

언제쯤
어느 하늘 아래
서로 만날 수 있을까?

키 작은 모래알이 조그맣게 웅크린 어느 노을 진 해거름
꾀죄죄한 실오라기 하나가 바람에 불려 가다
잠깐 발치에 머물러 말을 걸었다.

"얘, 너 참 듬직해 보이는구나.
나랑은 뭔가 다른 것 같아."

"내 얘기 좀 들어 볼래?
별로 듣고 싶지 않은가 보구나. 그렇지?"

"그래, 나도 내가 대단할 게 없다는 건
잘 알아.
곧게, 떳떳하게 살자고 들어도
허리 한번 제대로 펼 수 없는걸."

"보라고, 늘 이 모양이야.
저절로 허리가
굽어드는걸."

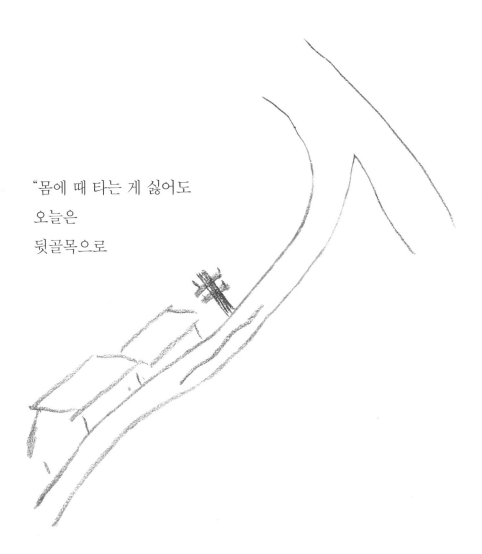

"몸에 때 타는 게 싫어도
오늘은
뒷골목으로

내일은
시궁창으로 굴러다니니,
내 모습이 이 모양
이 꼴일 수밖에."

"쓸모라고는 아무짝에도 없는
자투리 실로 버림받은 뒤
발끝에 차이고 바람에 불려
여기 오기까지

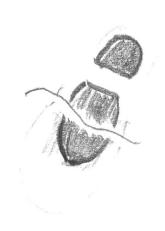

'넌 이제 아무짝에도 쓸모없는 군더더기야'라는
눈길에 견딜 수 없었어.
너 '실타래처럼 헝클어진 맘'이란 말 들어 본 적 있어?"

"그렇지만 난 마음조차 헝클어질 길이 없었어.
너무 짧아서."

"어떤 때는 즐거운 척도 해 보고

어떤 때는 심각하게
고민도 하고

또 어떤 때는 차분하게 지내려고
애써 보기도 하고

가끔은 잔뜩 도사려 보기도 하지만

한번도 오랫동안 그러고 지내 본 적이 없어.
곧장 맥이 풀리곤 했거든."

"어떤 때는 절망에 빠져 자살을 꿈꾼 적도 있어.
그렇지만 너 '목매달아 죽은 실' 본 적 있어?"

"마구 흐트러지고 싶은 마음이 들 때도 있어.

이렇게……
이렇게……

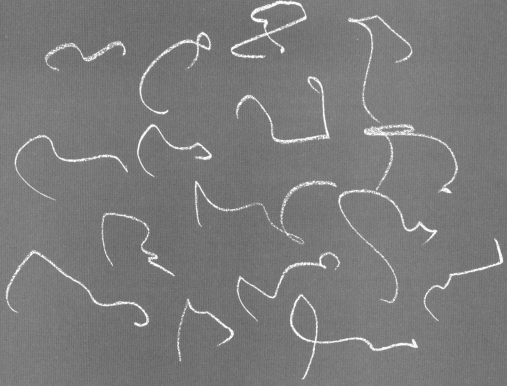

이렇게……."

"너무 속상해서 몸부림칠 때도
있었어."

"그러던 어느 날,
문득 바람결에 이런 소리가 들리는 거야.
'셈이 빨라야 산다.'
그래, 나도 어쩌면 쓸모가 있을지도 몰라.

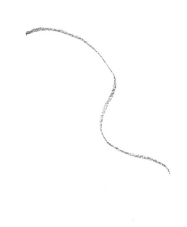

나는 셈을 가르칠 수 있을 거야."

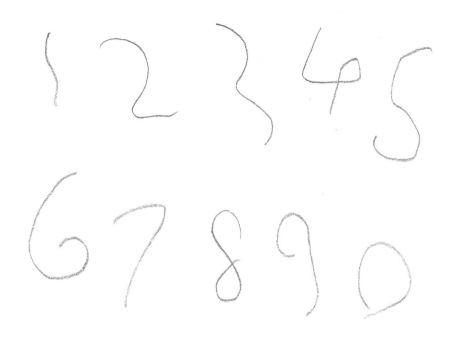

"그래, 이거 모두 숫자야.
내가 온몸으로 쓴 거야. 삼 년이나 걸려서.
바람이 도와줬지.
그러나 아무도 거들떠보지 않았어.
실오라기가 쓰는 숫자를 지켜보려고 삼 년이나
기다릴 참을성을 누가 지니고 있겠어?"

"그런데,

어느 날 노랫소리가 들려오는 거야.

새야 새야 파랑새야
녹두밭에 앉지 마라
녹두꽃이 떨어지면
청포 장수 울고 간다

나는 그 노랫가락에
온몸을 실었어.
그러자!
그래!
그렇지!

나는 적어도 소리 선생은 될 수
있을지 몰라.

나는 또 온몸을 놀렸어.
이게 내가 그린 것들이야.

그렇지만 내가
어떻게

 이나

같은 걸 그릴 수 있겠니?
소리 선생 꿈도 깨졌지."

"철학 공부를 하려고 든 적도 있어.

이게 뭔지 알아?
뭐? 8을 옆으로 눕혀 쓴 게 아니냐고?
그래, 모두 그렇게 생각할 거야.
버림받은 자투리 실 따위가
무한을 그릴 수도 있다는 걸
누가 믿겠어?"

"영을 그린 게 아니냐고?
여태껏 수학 선생 꿈을 간직하고 있었느냐고?
아니야, 이렇게 있으면 마음이 편해.
그런데 이런 내 모습을 보고
거만하다고 손가락질하는 이들도 있어."

"나, 거만하지 않아.
조그마한 불빛,
한 옴큼 따뜻함이라도
나누어 줄 수 있으면
몸이라도 태우고 싶어."

"얘, 넌 참 듬직해 보이는구나.
네가 좋아. 옆에 같이 있고 싶어."

그러나 실오라기는 모래알이 채 입도 열기 전에
바람에 쓸려 어디론가 사라지고 말았다.

키 작은 모래알은 오래오래 쓸쓸했다.

어느 날

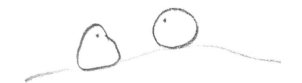

키 작은 모래알은 아주 맑고 동그란
동무가 옆에 앉아 있는 걸 보았다.

"어때, 나 예쁘지 않니?"
'그냥 물방울이잖아.'
"그래, 네 생각이 맞아. 나, 그래서 예쁜 거야."

"언젠가

내 몸이 온통 빨갛게 물든 적이 있어.
타오르는 저녁놀보다 더 빨갰어.
그때 얼마나 자랑스러웠는지 몰라.

'난 여느 물방울하고도 달라.
시냇물과도 다르고 바닷물과도 달라.
난 이 세상에 하나뿐인 빨간 물방울이거든.'

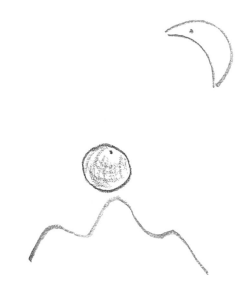

이렇게 한참 뻐기고 있는데
지나가던 달님이 가까이 와서 말을 걸었어.
'애야, 이런 말 한다고 섭섭하게 듣지는 말아라.
네가 물로 남고 싶으면 어느 하나를 골라야 해.

해님 힘을 빌려 하늘에 오르든지

친구들과 어울리든지
둘 가운데 하나야.
그런데, 그렇게 되면 네 몸을 물들인 그 빨간색
대수롭지 않게 돼.

하늘로 오르려면 그 빨간색
뒤에 남겨 둘 수밖에 없어.
본디 네 건 아니었으니까.

또 다른 물방울과 어울리려면

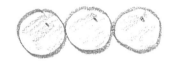

그 빨간빛
같이 나누어야 해.

알겠니?

버리거나 나누어야 하는 거야.

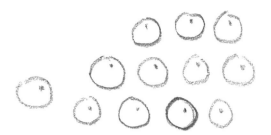

달이 기울고, 아침이 오자
나는 먼저 하늘로 올라갔어.
거기서 동무들 많이 만났지.

어느 날 우리는 후드득 산골짜기로
떨어져 내렸는데

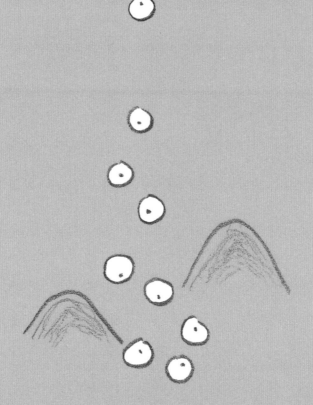

그때 골짜기에 있던 커다란 바위들이
우리와 함께 밑으로 굴러 내려가기
시작했지. 참 대단했어.
그래서 우린 함께
뜻을 모았어.

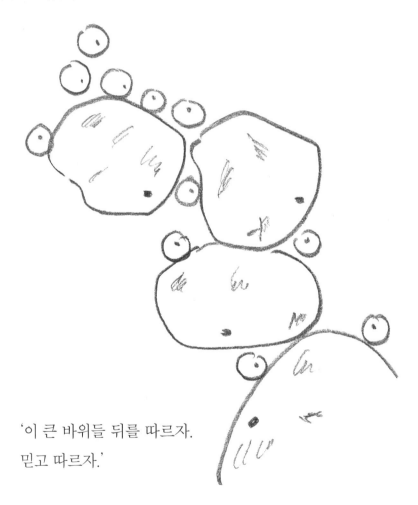

'이 큰 바위들 뒤를 따르자.
믿고 따르자.'

그런데

한참 동안 그렇게 당당하게 앞장섰던 바위가
편한 자리가 생기니까 그냥 주저앉아.
밀어도 당겨도 움쩍도 안 해.

'안 되겠어. 자갈들이 더 매끄럽고 잘 구르는 것 같아.
이 자갈들을 믿고 따르자.'
그런데 머지않아 자갈들마저 하나씩 둘씩
몸을 도사리는 거야. 밀어도 안 움직여.

'그나마 믿을 수 있는 건 흙과 모래로구나.'
"당신들이라도 우릴 이끌어 줘요."

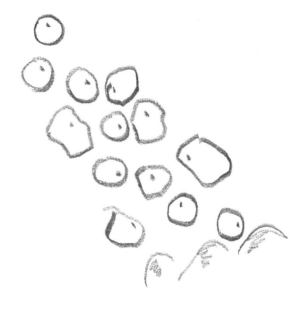

그러나 실낱같은 희망마저 사라졌어.

우리와 달랐던 것,
우리보다 더 낫다고 믿었던 것,
우리보다 더 몸집이 크거나
무게가 있었던 것,
하나같이 모두
슬그머니 주저앉고

바다에 이른 것은 우리뿐이었어.
우리끼리 해낼 수밖에 없었던 거야."

물론 우리 가운데 누군가 이렇게도 말했지.
'그렇지만,

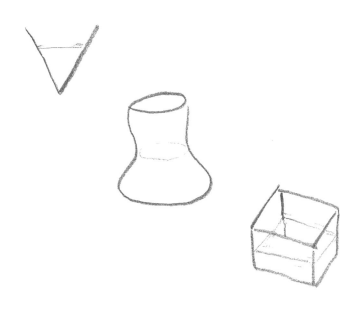

우리는 뚜렷한 제 모습이 없어. 그때그때
틀에 맞춰 모습을 바꾼다는 건 비겁하고
부끄러운 일이야.'

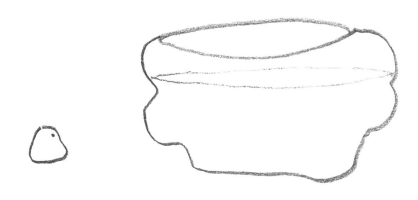

‘모래알은 어디에 있어도 모래알이야. 제 모습을 지켜.
그런데, 우린 이게 뭐야? 주어진 그릇에 맞추어
허겁지겁 모습을 바꾸다니?’

그 말에 누군가 이렇게 대꾸했지.
'아니야. 그렇지 않아. 우리는 자유를 찾아
온몸으로 헤매는 거야. 바늘구멍, 실금 같은
틈만 있어도 놓치지 않아. 벽을 온몸으로 밀어붙이는
우리 의지가 그릇을 가득 채우고 있어.'

'그래, 다른 것들이 바뀌지 않는 건 제 껍데기에
갇힌 탓이기도 해. 그럴듯한 모습을 보이려고
움쩍달싹 않는 거야.'

또 누군가 이렇게 중얼댔어.
'냄새나는 것들이 있어. 더러운 것들도.
난 맑고 깨끗한 게 좋아.'

'그래, 우리 모두 하늘로
떠오르자. 더러운 건 죄다
버리자.'

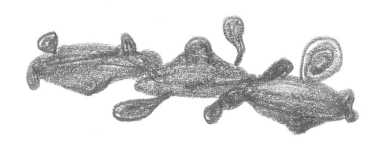

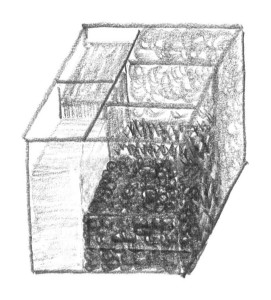

다른 누군가가 고개를 저었어.
'아니야, 냄새야 어떻건, 빛깔이 어떻건
향내가 나든, 구린내가 나든
그건 우리 본모습이 아니야.'

'그 말이 맞아. 우리를 서로 갈라놓는 건
우리와는 다른 거야. 한 몸이 되는 순간 우린
결국 같이 물들고 같은 냄새를 풍겨. 구린내도
땟국도 함께 나눌 수밖에 없어.'

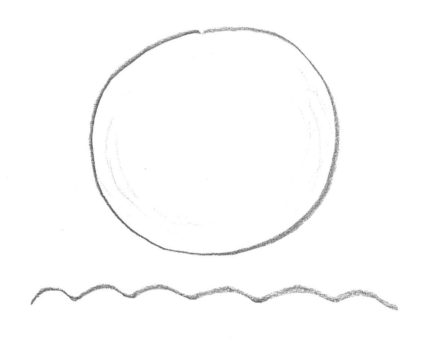

'우리가 갈라진 건 우리 탓이 아니야.'
'그건 그래. 어디에나 있으면서 아무 데도 머물지 않는
우리 힘이 우리를 하나로 묶는 거야.'

"이런!
해님이 기다리고 있어.
나를 동무들한테 데려다 주려고.
잘 있어. 키 작은 모래알아.
옆에 있어 주어서 고마워."
그리고나서

물방울은 훌쩍 모래알 곁을 떠났다.

모래알은 갑자기
제 몸이 조그맣게
오그라듦을 느꼈다.

실오라기처럼 마음대로

몸 놀릴 길도

물방울같이 마침내 하나 될 힘도

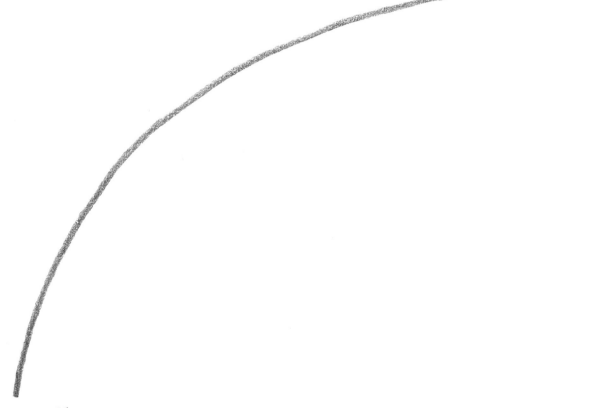

풀꽃처럼

움 돋을 기회도

……없는 모래알

가슴이 불타올라도

볼이 빨갛게 달아오르지 않고

행복에 겨워도
가슴 부풀지 않고

괴로워서 뒤채는 긴긴 밤에도

여월 길 없는 모래알.

겉보기엔 덤덤하고 무표정해서
사랑을 버려도, 사랑에 버림받아도
아무렇지도 않을 듯한 모래알
하나.

그러나 모래알이 모래알과 사랑을 나눌
길이 없다면,
이 세상 누구도 사랑을 주고받을 길이 없겠지.

그렇지만 이 세상에 누구도 키 작은 모래알에게
사랑을 가르쳐 주지 않았다.
둥근 건지 모난 건지마저.

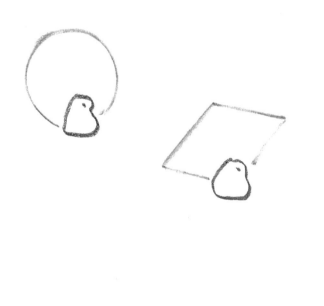

몸 가볍고 머리 무거운 실오라기도
구름으로 떴다가 바다로 출렁이는 물방울도.

그러던 어느 날,
살 맞은 짐승처럼 뒤채던 거친 물결도

어느새 잠이 들고

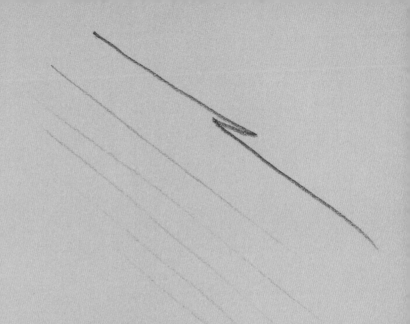

번갯불에 실린 장대비도 그치고

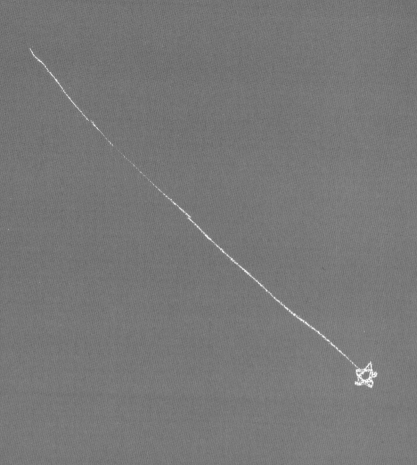

별똥별이 길게 꼬리를 끌고
막 지나간 동틀 녘
드디어
키 작은 모래알은 사랑하는 법을 알아냈다.

부드럽게 일렁이는 잔물결 힘을 빌려
옆에 있는 모래알들을,
그 낯설고 거친 몸뚱이들을
온몸으로 어루만졌다.

살이 닳고
뼈가 부서지는
아픔을 참고
오래오래 어루만졌다.

그 모래알들이 모두 이 세상에 하나밖에 없는
키 큰 모래알들인 듯이
뜨겁게, 부드럽게, 지칠 줄 모르고
온몸으로 어루만졌다.

참 이상도 하지.

키 작은 모래알의 몸을 가득 채운 사랑은
뜨거운 열이 되어
눈에 안 보이는 불꽃이 되어
곁에 있던 모래알들을 불태우고
그 열은 넓은 바닷물을 데우고
바닷물은 송골송골 땀방울이 되어
살포시 하늘로 떠올랐다.

물방울들은 모이고 또 모여서

쏴아, 쏴아

소나기로 뭉쳐 쏟아졌다.

쏟아져서 키 큰 모래알 몸을 흠뻑 적셨다.

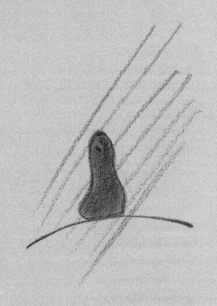

키 작은 모래알이 키워 온 사랑은
불과 물이었다.
작디작은,
그러나 깊디깊고 너르디너른 가슴속
깊이 감춘 타오르는 불길,
일렁이는 물결.

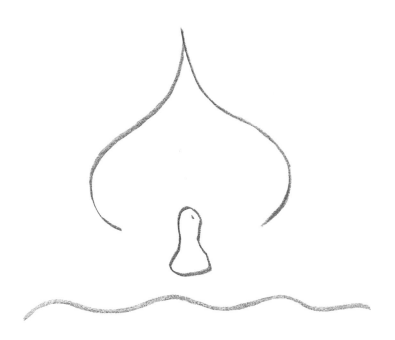

그러다 어느 날 문득

잔물결마저 나른히 잠들고……

키 작은 모래알은 다시
홀로 남았다.

그러나 키 작은 모래알에게는 이제 누구도 낯설지 않았다.
곁에 나타난 납작한 모래알도, 밤안개도,
무심히 떠도는 물새마저도…….

글과 그림 윤구병

1943년에 전라남도 함평에서 태어났다. 공부는 제법 했으나 말썽도 많이 부리는
학생이었고, 고등학교 2학년 때는 무전여행을 떠났다가 학교에서 쫓겨나기도 했다.
서울대학교 철학과와 같은 과 대학원을 졸업한 뒤에 〈뿌리깊은나무〉 초대 편집장을
지냈다. 충북대학교 철학 교수로 있으면서 어린이를 위한 책 〈어린이 마을〉
〈달팽이 과학동화〉〈올챙이 그림책〉들을 기획했다. 1996년부터 철학 교수를
그만두고 농사꾼으로 살면서 변산공동체학교를 열어 아이들과 함께 지냈다.
펴낸 책으로 《실험 학교 이야기》《꼭 같은 것보다 다 다른 것이 더 좋아》
《잡초는 없다》《가난하지만 행복하게》《꿈이 있는 공동체 학교》《흙을 밟으며 살다》
《철학을 다시 쓴다》들이 있다.

모래알의 사랑

윤구병의 철학 우화

2007년 11월 1일 1판 1쇄 펴냄
2014년 2월 1일 고침판 1쇄 펴냄 | 2014년 8월 22일 고침판 2쇄 펴냄

글과 그림 윤구병

편집 김로미, 유문숙, 이경희, 조성우 | **디자인** 김은미 | **제작** 심준엽 | **영업·홍보** 백봉현, 안명선, 양병희,
이옥한, 정영지, 조병범, 최민용 | **경영 지원** 전범준, 한선희
제판 (주)로얄프로세스 | **인쇄·제본** (주)영신사

펴낸이 윤구병 | **펴낸 곳** (주)도서출판 보리 | **출판 등록** 1991년 8월 6일 제9-279호
주소 (413-120) 경기도 파주시 직지길 492 | **전화** 031-955-3535 | **전송** 031-950-9501
누리집 www.boribook.com | **전자우편** bori@boribook.com

ⓒ 윤구병, 2014

ISBN 978-89-8428-837-9 03810

이 도서의 국립중앙도서관 출판시도서목록(CIP)은 e-CIP홈페이지(http://www.nl.go.kr/ecip)와
국가자료공동목록시스템(http://www.nl.go.kr/kolisnet)에서 이용하실 수 있습니다. (CIP제어번호: CIP2014001341)